LUCIANO

Jean-Baptiste TEMPIER

LUCIANO

Camouna

THRILLER

Intro. 1948 Saïgon.

Luciano et Camouna, sont pris en otages par la mafia de Saïgon. Luciano est mis à l'amende. Il ne veut pas la payer, et avec l'aide de son cousin, ils vont faire face.

Tout les deux sont navigateurs, sur le Jean Laborde, de la compagnie des Messageries Maritimes.

Le chef, M. Chang N'Guyen propose à Luciano, de passer en fraude de l'Or en France. Luciano accepte, pour gommer l'amende.

Sur le retour à l'escale de Djibouti, Luciano ira voir impérativement le correspondant de M. Chang, dans sa boite de nuit en plein air, l'établissement le Cha cha cha. Il sera très bien reçu, il aura tout de même un accroc..

Finalement le départ de Djibouti pour Marseille approche et Luciano se confie à Julot son cousin, qu'il voudrait bien se venger de M. Chang.

Julot lui propose une combine qui peut leur rapporter gros contre M.Chang, que Luciano accepte.

Mais passé le canal de Suez, M.Chang N'Guyen réapparaît, et là, c'est le plus dur, le plus déterminé, qui gagnera, mais quoi, la vie ou la mort.

C'est à lire, à lire attentivement.

J-B.

.

7

Saïgon.

Nous sommes en 1948, sur le déclin de la colonisation Française.

Dans le plus grand établissement de l'avenue Catinat, un établissement de style purement colonial.

Pour faire simple un établissement aux grands ventilateurs qui tournent aux ralentis dont le corps est fixé au plafond.

Des décors coloniaux en fresques murales avec de grands miroirs également, contre les murs.

Ce qui donne à l'établissement une tournure immense et grandiose, en y ajoutant les grandes baies vitrées qui l'entourent.

Il y a même un premier étage très bien assorti, pour les clients qui souhaitent être discrets, disons ne pas être trop en vue. Un personnel trié sur le volet, tout de blanc vêtu, et d'une tenue irréprochable.

Comme à l'accoutumée il y règne une chaleur moite mais à tendance tout de même supportable. Les ventilos font bien leurs boulots.

Il n'empêche que les fumées de cigarettes, embrument singulièrement l'atmosphère, comme dirait si bien l'inoubliable Madame Arletti.

Soit dit en passant, que Louis Jouvet son partenaire, pourrait très bien tenir sa place dans notre décor paradisiaque indochinois.

Luciano notre héros, nous allons en faire immédiatement sa connaissance, et ça tombe à pic, on pourrait le comparer comme gabarit, à Louis Jouvet, très grand acteur de cinéma de cette époque.

Mais Luciano n'est pas un acteur de cinéma, il est tout simplement un navigateur pour le compte des Messageries Maritimes, situés dans le grand port Méditerranéen de Marseille.

Il est à bord de ces très grands navires, de très grands paquebots, aux noms ronflants. Tels que le Chenonceaux, le Champollion, le Jean...

Laborde, pour ne citer que les principaux. Ces bâtiments font environ deux à trois cents mètres de long, de véritables villes flottantes, il y tient avec succès le poste de chef buandier.

Le linge propre, le linge sale, ça le connaît.

Je dois tout de même indiquer, que dans ce milieu de navigateur, il y a un peu, plusieurs sortes d'individus, qui sont plus ou moins bien.

Des affranchis, des tricheurs, des bagarreurs, des embrouilleurs, des trafiquants.

Disons en gros, que tout cela est en plus de leur travail à bord de ces grands navires, où tout le monde tient très sérieusement et parfaitement bien son poste.

Je crois que l'on pourrait qualifier cela, un monde parallèle, où ces gens-là évoluent dans un monde interlope, chacun à sa façon, tout simplement pour doubler leurs propres revenus.

C'est Luciano qui m'a raconté son histoire, très confidentiellement, je vous demanderai d'avoir la gentillesse de ne pas l'ébruiter, de la vivre comme il me l'a raconté. Un jour, alors qu'il se trouvait dans cet établissement. Voici ce qu'il a bien voulu me dire et pourquoi ne pas le croire après tout. Car me semble-t-il, Luciano est un homme de bonne foi. Il se mit à me fredonner, cette jolie petite chanson.

"C'est à Saïgon, que je l'ai connu, elle était toute menue. Et toute frêle, comme un roseau, dans son petit kimono.

Je lui dis ma jolie congaï, voulez-vous que nous nous promenions. Prenant un air, un peu canaille, elle ne me dit pas non.

Il m'expliqua qu'il avait reçu cette acceptation, comme un agréable, et large coup de gong qui résonna dans sa tête avec délice.

Luciano m'affirma que c'est dans ce très bel établissement, chic de type colonial, que tout a commencé.

Et il continua sa chanson autant qu'il le put, car je le sentais très ému, et très épris.

Voici donc la suite, c'était émouvant car il me chantait l'air de cette chansonnette, aux consonances asiatiques, en même temps que les paroles, elles, sont Française.

(Il m'avoua que c'était une vieille chanson de Vincent Scotto). Car ne l'oublions pas, nous sommes en 1948, où la France renaît à peine de ses cendres, de la Seconde Guerre mondiale.

Et il continua en enchaînant la suite de cette chanson qui semblait tant lui tenir à cœur.

"Nous passâmes des heures très douces. En pousse pousse pousse pousse pousse. Camouna à mes côtés, semblait follement s'amuser".

"Elle disait au petit Annamite, pas trop vite vite vite vite. Pour que notre roman charmant puisse durer plus longtemps".

"Je lui disais, Camouna, serrez-vous bien contre moi. Elle fermait les yeux et n'en demandait pas mieux".

– Et là, je ne sais pas si le compositeur avait bien prévu cette pause, à cet endroit précis, mais elle lui parut interminable.

Une attaque soudaine ramena Luciano à la réalité.

Un homme s'occupa spécialement du petit Annamite, qui tirait le pousse pousse, en lui bottant les fesses ardemment. Le malheureux ne demanda pas son reste, et disparu subitement dans le dédale des ruelles au sol de terre battue, de la banlieue de Saïgon. Un autre s'occupa de Camouna, qui ruait dans les brancards de toutes ses forces, dans un style tigre du Bengale enragé.

Quant à Luciano, lui, il était tout simplement maîtrisé, avec un pistolet sur la tempe.

Le tout se déroula dans le temps d'une pause musicale, ou d'un beau point d'orgue, si vous préférez, belle orchestration en somme.

Ce n'était pas trop le temps pour Luciano de se mettre à philosopher, pourtant il se posa la question rapidement.

On ne chasse pas un être humain de sa propre race, par ce qu'il travaille, qu'il gagne sa vie comme il le peut.

On n'agresse pas non plus, violemment une jolie jeune fille, parce qu'elle est apparemment tout simplement heureuse, amoureuse.

Il était donc très clair, qu'il était apparemment bien sûr, le dindon de la farce.

Il n'y avait, et ce depuis le début de l'agression, aucun doute qu'on en voulait qu'à lui dès le début, et uniquement à lui seul. Luciano devait donc raisonnablement patienter, le temps…

D'arriver au repaire de ses agresseurs, pour savoir ce qu'ils lui voulaient, ou lui reprochaient avec précision.

Cela ne saurait tarder, car la voiture, dont on l'avait obligé à prendre place, une Citroën traction avant sans doute, après un parcours assez court, digne d'un hold-up, venait de stopper assez sèchement.

Les portières claquèrent nerveusement. Tout le monde descendit, et malgré la nuit qui tombait, les sbires qui s'occupaient de lui n'avaient pas oublié de lui mettre un bandeau sur les yeux.

Luciano avait tout ses sens en éveil, et cherchait instinctivement à prendre des repaires, mais tout allait très vite, et c'était très difficile.

Au premier abord il comprit qu'il était dans une grande et luxueuse villa, qu'il était en train de marcher sur des gravillons.

On lui fit monter quatre grandes marches, pourquoi ne pas dire Royale, il longea tout du long une grande terrasse et malgré son bandeau sur les yeux, il lui était facile de comprendre qu'il était dans une grande villa du style gouverneur colonial de la région. Ses geôliers lui ôtèrent le bandeau des yeux, il franchit une très grande porte à deux battants. Il se trouva dans un vaste bureau de grand luxe, où trônait un homme Asiatique de grande taille, du genre, si ça ne va pas je te coupe la tête, mais alors, pas du tout le petit plaisantin.

Sur sa gauche, Camouna trônait dans un beau fauteuil à ses côtés. Elle était distante d'environ trois bons mètres du grand bureau.

Le bellâtre lui dit… Camouna présente ici à ma gauche, est tombée amoureuse de vous.

Avec assurance il fit le beau en lui disant, je comprends maintenant pourquoi, et je connais bien sa particularité.

C'est une grande amoureuse des hommes blancs de type Méditerranéen et ce qui est rare, bruns aux yeux bleus "marine".

C'est votre cas, à ce que je vois.

Et Camouna consciente de son grand pouvoir de séduction, elle sait ce qu'elle veut.

Nous les Asiatiques, qui poursuivons le but pour l'indépendance que vous nous connaissez, dont j'en suis le chef provisoire à Saïgon. Nous avons saisi l'occasion de nous servir de vous deux…

Nous joignons donc ici, l'utile à l'agréable. Tout simplement, en vous réclamant la somme de 50 000 Milles Piastres pour vous laisser en paix tous les deux.

Votre vie nous intéresse peu, par contre l'argent nous aidera à obtenir, à atteindre notre but, notre idéal suprême, l'indépendance.

Et il continua son réquisitoire, dans un Français d'une rare excellence, avec le charme habituel de l'accent Asiatique.

J'ai bien étudié votre cas.

Le navire de la compagnie des messageries Maritimes, le Jean Laborde appareillera demain à dix-huit heures, et sur lequel vous tenez le poste honorable, de Chef Buandier.

Je pense que ce poste vous permettra de collecter cette modeste somme de 50 000 Piastres, bien sûr si vous ne l'avez pas vous-même.

Je connais très bien les us et coutumes de tous les navigateurs, avec le trafic des Piastres que vous faites, dans les banques Françaises de votre pays.

Vous y gagnez presque le double, j'ajouterai même, que c'est un véritable scandale.

Est-ce que j'ai été assez clair Monsieur Luciano.
Si vous êtes d'accord, je vous donnerai la marche
à suivre.

Sachez pour vous rassurer, que dans tous les cas
nous ne ferons aucun mal à Camouna, car elle est
très précieuse pour nous.

Immanquablement vous en êtes amoureux, elle
mérite votre attention.

J'exige votre réponse dans l'immédiat.

Luciano, n'avait donc pas le choix de quoi que ce
soit. Aucun délai de réflexion, pas de Piastre
dans sa cabine.

Et seulement quelques heures pour réunir la
somme imposée, et surtout prisonnier dans cette
belle demeure…

C'est bien beau d'être dynamique d'une grande
organisation provisoire, d'imposer n'importe
quoi comme ultimatum.

Mais ce que vous me proposez là, répondit
Luciano, c'est vraiment insoluble comme ça, et à
brûle pour point. Vous êtes un as de l'imposition.
Vous feriez un très bon ministre des finances
dans mon pays.

Monsieur Luciano je vous demande uniquement votre accord, autrement vous serez séquestré, et je ne sais pour combien de temps.

De plus je vous prie de modérer vos expressions en ce qui me concerne, vous êtes mon prisonnier. Je veux seulement et uniquement votre réponse.

Je ne peux vous en faire qu'une mon cher Monsieur. C'est de me ramener au plus vite à bord du Jean Laborde.

Premièrement je sais parfaitement que je n'ai pas cette somme à ma disposition, et que je n'ai qu'un seul recours, c'est de l'emprunter, ou de la collecter, comme vous le dites si bien.

Mais ce n'est pas en restant ici qu'elle arrivera toute seule.

Voilà quelque chose de positif et ça me plaît Monsieur Luciano.

Votre navire lève l'ancre demain à 18 heures. Je vous fixe l'heure du rendez-vous, avec la somme de 50 000 Piastres, en grosses coupures s'il vous plaît.

A 14 heures très précise, avenue Caténat demain, dans le grand établissement que vous connaissez bien, l'établissement de vos amours éphémère, avec la belle et jolie Camouna.

Pensez à elle, et uniquement à elle. Et vous ne pourrez que réussir votre exploit.

Bon d'accord, est-ce que je dois rester ici avec le cul sur votre jolie chaise, ou on gagne du temps et vous me ramenez illico à mon bateau.

N'ironisez pas trop Luciano, on vous ramène séance tenante à bord de votre navire.

Avec pour seul objectif.

Rendez-vous demain au lieu indiqué avec la somme convenue et à 14 heures précises.

Vous reconnaîtrez notre collecteur de fonds, il sera tout de blanc vêtu et aura une cravate foncée avec un dragon brodé dessus, de couleur orange.

Je n'ai rien à ajouter. Il pria, en appuyant sur un bouton, à nouveau ses sbires de venir chercher… Luciano et de le ramener séance tenante à bord du Jean Laborde.

Il se leva, droit comme un i, il tourna le dos et disparu par la porte du fond de son bel et immense bureau.

C'était clair et net, Luciano n'avait donc vraiment pas le choix.

Il eut juste le temps de jeter un dernier regard sur la délicieuse Camouna, qui semblait être gênée au possible.

Dans un dernier regard, Luciano compris qu'elle n'y était vraiment pour rien dans cette affaire, et que la jolie créature semblait en être encore complètement désolée et tout effrayée.

Il fut emmené toujours assez brutalement dans la voiture, qui le ramena sur les quais où était amarré le Jean Laborde.

Il fut conduit jusqu'à la coupée arrière du bateau, là sans autre forme de procès, il fut jeté à terre et ses geôliers prirent la fuite comme des voleurs.

Luciano se sentit soulagé d'être libre malgré les dernières secousses subies, il ne demanda pas son reste et en quatre bonnes enjambées il se retrouva sur le pont arrière où se trouvait sa buanderie ainsi que sa cabine.

Un rapide tour de clé, et il se trouva dans son atmosphère préférée, sa cabine climatisée, son odeur ambiante, l'ambiance de son chez-soi le rassura rapidement.

Il prit tout de même le temps hâtivement, de fureter sa bouteille de whisky préférée dans son placard, et dans un immense plaisir glouton, il avala quelques bonnes rasades à même le goulot.

Quel grand et immense plaisir de se sentir libre et non oppressé, mais attention le problème restait entier.

Il devait agir vite, assis sur sa couchette il se mit à gamberger sur les possibilités qu'il pouvait utiliser, maintenant qu'il était libre…

Il lui fallait joindre au plus vite le bosco de l'équipage, son propre cousin Julot, un garçon tout ce qu'il y a de plus baroudeur.

Un mètre quatre-vingt-dix, 130 kg, bonjour les dégâts face aux récalcitrants, il frappait dur et volontiers s'il en était besoin, pas beaucoup de mecs lui résistaient plus de trois secondes.

Très bien, ça, c'était le côté artillerie lourde, d'autant que sur le pont Julot aurait vite fait de mobiliser trois ou quatre gabarits comme lui, en renfort, et qui ne demandaient que ça.

Le pognon il ne fallait pas trop y penser, dégun en aurait sorti. Se plaindre aux autorités du bord, c'était une éventualité. Et les représailles envers

Camouna devenaient inévitables, il ne fallait surtout pas croire en la parole de cet artiste de bonhomme, endimanché.

Luciano se dit, je vais d'abord voir le cousin Julot et puis on va voir ensemble, ce qu'on va pouvoir décider.

Seul dans ce cas, et c'est bien connu, Luciano ne pourrait rien faire de positif.

Remis à peine de ses esprits bousculés de la dure journée, digne d'un grand roman d'aventures, Luciano mit à exécution son idée de contacter le grand Julot, son cousin.

Il descendit juste sous le pont inférieur, en franchissant une seule coursive quelques marches abruptes, et métalliques, une belle glissade presque verticale pour les habitués du bord.

Il frappa au 115, à la bonne porte, il fut accueilli à bras ouverts par l'immense Julot, qui ne manqua pas de lui dire, mais ou étais-tu passé, on ne t'a pas vu de la journée.

Même pas pour la bouffe dans le carré des chefs de service. Avec force détails, Luciano se mit à expliquer son énorme aventure de la journée, avec le grave revers inattendu de ses agresseurs par la suite. Et il enchaîna, Julot j'ai absolument besoin de ton aide, je ne sais pas trop comment réagir.

Je suis mis à l'amende salement, de la somme de 50 000 Piastres, en grosses coupures et pour demain à 14 heures très précises, avenue Caténat, dans l'établissement que nous connaissons tous très bien.

Comme un éclair, Julot émit sa virulente première réaction, il fallait voir comment ses yeux flamboyants réagissaient, comme des projecteurs subitement en alerte.

Il était déjà dans l'arène du combat. Combien ils sont.

Luciano le calma un peu en lui disant qu'il voulait éviter du grabuge à cause de la belle et jolie Camouna.

Ne te fais pas du mauvais sang, je connais ta jolie Camouna, avec ses relations elle s'en sortira toujours, entre eux ils ne se mangent pas le foie.

Dis-moi avec précision ce que tu attends de moi, ou ce que tu veux qu'on fasse ensemble, tu peux compter sur moi à cent pour cent. Hé bien si tu es sûr que Camouna ne craint rien, mon souci...

Actuel, majeur c'est de ne pas donner cette somme-là.

Que premièrement je n'ai pas, et deuxièmement je n'ai rien à voir avec leur indépendance, qu'ils la prennent si ça leur fait plaisir, moi je n'ai rien à voir dans tout ça.

– À ça y est, il t'a fait le coup de l'indépendance de l'Indochine.

Mais c'est tout du bluff expliqua Julot, à Luciano, tu es un véritable bleu qui débarque, ou bien tu es vraiment amoureux.

Depuis plus de quinze ans que tu navigues, tu as toujours fait ton beurre en plus de ton boulot, il n'y a pas trente-six solutions.

Ou tu manges ou tu te fais manger, tu ne comprends strictement rien au mécanisme de ce mec, c'est le plus gros Barbot de Saïgon, le plus gros mangeur de pognon, c'est un véritable Piranha en la matière, il n'y a que le pognon qui l'intéresse.

L'indépendance il s'en fout Royalement, et même mieux il serait vachement emmerdé si ça arrivait maintenant, il n'aurait plus une piastre, les indépendantistes lui prendraient tout, c'est lui qui serait racketté. Voilà ce que je te propose, si tu es d'accord, à première vue c'est la seule solution.

On va à ton rendez-vous demain à 14 heures comme il te l'a demandé.

À son ramasseur de fonds comme il t'a dit, je vais lui dire que nous avons décidé de ne rien lui donner, indépendance ou non.

Et en le tenant par sa jolie cravate brodée, avec un dragon dessus, comme tu m'as dit.

Je lui dirai que s'il ne s'en va pas en courant et s'il n'est pas contant je l'écrase sur la table, et sur-le-champ.

Il partira sans rien dire probablement, mais de peur des représailles éventuelles de leurs parts, dehors il y aura la jeep avec les collègues de la police militaire.

Tout ce qu'il y a de plus officiel, et ils ne lèveront pas le petit doigt, autrement ils seront tous coffrés.

Luciano, crois-moi. Ton cousin a le bras long, et ainsi on aura vidé l'abcès qui te chagrine. D'un autre côté, ça ne me regarde pas mais dans ton intérêt, tu oublies Camouna. Je suis à peu près certain, tel que je te connais, que tu as un objectif beaucoup plus ambitieux que ça en tête.

Ben, comme Luciano éluda la question, elle resta sans réponse. Pour le présent, le souci majeur pour Luciano était de se sortir des griffes tentaculaires de cet affreux maître chanteur.

Pour Luciano, aventurier de petite envergure, en plus de son métier à bord de son navire, il cherchait uniquement à améliorer l'ordinaire, par quelques tractations habiles.

Soit avec de la marchandise, de la pacotille, soit par le change avec les piastres, il aurait bien voulu gagner plus en se hasardant avec des lingots d'or.

Mais en tout premier lieu il lui fallait avoir la tête tranquille, les idées bien en place, mais le triste Sire Monsieur N'Guyen, était vraiment pour lui, un épouvantable épouvantail.

Il tomba d'accord avec son cousin Julot pour vider l'abcès comme il le lui avait proposé.

Et après quelques bonnes heures de repos de sommeil bien mérité, on verra bien demain, il fera jour, et peut-être que dans sa tête, Luciano aura un bien meilleur plan. En effet le lendemain rien n'avait changé au programme. Luciano s'était endormi comme un plomb et ronflé comme un loir.

Julot, au secours de Luciano.

À 14 heures frappantes, Julot et Luciano s'installèrent dans le bel établissement en question, il y avait une bonne clientèle, mais un peu plus clairsemée que d'habitude, visiblement ce n'était vraiment pas une heure de pointe, et c'était très bien ainsi.

Toujours la même ambiance moite, surchargée de fumées. Le petit cœur de Luciano battait la chamade, quant à Julot lui, il ne demandait que l'affrontement.

Et cela ne tarda pas, l'homme tout de blanc vêtu tel un long reptile blanc, avec la cravate brodée, se présenta de façon très élégante à nos deux amis.

Et comme prévu, de sa grosse voix Julot haussa directement le ton. L'homme élégant compris vite qu'il n'y aurait rien à gratter.

Cependant avant de se retirer, il répondit clairement et nettement à Julot, qu'il risquait de le regretter amèrement.

En même temps qu'une petite fléchette chargée de curare venait de se loger dans l'énorme cou de Julot.

Probablement tirée avec grande précision à coup sûr, par une sarbacane postée à quelques mètres seulement.

Julot s'écroula raide mort, sur-le-champ.

Ahuri Luciano, un instant médusé avait entendu le flop de la sarbacane et de la fléchette se loger dans la gorge de l'impossible Julot.

Il était certain qu'en restant sur place, il aurait droit à la seconde fléchette, il envoya sa chaise en l'air n'importe comment, pour foutre la pagaille, et prit la poudre d'escampette en direction de l'extérieur.

Où il savait que la Jeep de la police Militaire allait intervenir, comme le lui avait expliqué son cousin Julot.

Sauvé, la Jeep était bien là. Luciano plongea tête baissée de toutes ses forces au milieu des quatre flics présents. Dans un fracas assourdissant, la Jeep démarra sur les chapeaux de roues, tout comme dans une compétition de style 24 heures du Mans.

Tout haletant, au rythme syncopé de frayeur, recherchant son second souffle, Luciano était au bord de l'asphyxie.

Toujours sur le plancher de la Jeep, une peine immense l'envahit, en revoyant la dernière séquence bien réelle, du film qui venait de se dérouler sous ses yeux, il n'y avait que quelques instants.

Alors que son cousin Julot était encore vivant, très puissant, sûr de lui.

Il n'arrivait pas à imaginer que Julot n'était plus de ce monde, et le plus grave c'est que c'était à cause de lui. Julot venait de lui offrir sa vie, quelle catastrophe mes seigneurs.

Les flics, la police militaire, avaient l'air de comprendre son désarroi. Ils se serrèrent pour l'asseoir entre eux deux à l'arrière du véhicule.

La surprise fut grande de s'apercevoir qu'il avait des bracelets aux chevilles, et cerise sur le gâteau, ses sauveurs n'avaient pas pris, mais alors pas du tout la route, le chemin en direction des quais maritimes.

Un véritable et immense nouveau cauchemar, c'était hallucinant.

Il venait de perdre cousin Julot, c'est comme si au jeu d'échecs il venait de perdre les deux tours et les deux fous du roi, d'un seul coup.

C'en était trop, Chang N'Guyen était réellement le tout-puissant que Julot lui avait annoncé.

Le maître tout-puissant de Saïgon, possédant tous les dancings de l'avenue Catinat, ainsi que le non moins célèbre établissement, d'où ils venaient de se faire épingler comme des minus, des malheureux qu'ils étaient.

Ben… Force est de constater que le fabuleux Monsieur Chang N'Guyen était irrésistiblement incontournable.

Le tout petit Monsieur Luciano à côté faisait vraiment, pâle figure.

Luciano compris irrémédiablement qu'il allait encore se trouvait face à face avec ce bellâtre, et que la lutte, le combat, était tout simplement impossible et inégal.

Et tout cela ne manqua pas. À nouveau les petits gravillons craquants sous ses pieds, les quatre grandes marches Royale, la longue terrasse et la porte blanche à double battant.

La séance allait recommencer, mais avec le pavillon bas, en berne, la défaite au bout.

Monsieur Chang N'Guyen apparut plus beau que jamais, tout rayonnant. Luciano à nouveau installé de force dans le même confortable et joli fauteuil.

Comme un petit déchirement, Luciano constata à regret, l'absence de celle qui l'avait tant captivé, la jolie Camouna.

– Chang rompit le silence.

Monsieur Lucien Luciano vous êtes une forte tête à ce que je vois, sous des apparences toutes simplettes, vous êtes très habile, vous savez cacher votre jeu, d'une façon parfaite et inattendue.

Vous êtes tombé sous le charme de notre plus grand filou à notre service sur Saïgon lorsqu'il est dans les parages. Combien vous a-t-il demandé où pris pour ce violent coup de main. Vous savez, on n'échappe pas aussi facilement à

Monsieur N'Guyen, même avec une force de la nature comme Monsieur Jules Baldi.

– Répondez s'il vous plaît.

Ben, au risque de vous décevoir, Monsieur Baldi n'est pas du tout, le filou que vous m'annoncez, à mes yeux c'est tout le contraire.

Et si vous désirez tout savoir, c'est tout simplement mon cousin. Il est le fils du frère de ma mère, je suis donc de la lignée des Baldi.

Je suis très loin d'avoir sa puissance de frappe, mais j'ai tout simplement le complément. C'est-à-dire peut-être de la matière grise en plus.

Ce qui ne veut pas dire que Julot, mon cousin n'est pas intelligent. Mais ceci compense cela, chez nous la famille passe avant tout.

Il n'y a pas, il n'y a aucun obstacle qui tienne, qui résiste, et automatiquement nous savons nous venir en aide dans des cas identiques.

Et croyez-moi, il n'a pas hésité un seul instant, pour me venir en aide, me sortir de vos griffes.

Je n'ai qu'un seul regret c'est qu'il y a laissé sa vie, et ça, je ne me le pardonnerai jamais.

Hé hé ! Monsieur Luciano je vous ai bien laissé vider votre sac. Je vois que vous avez le verbe très facile, vous me surprenez agréablement.

Vous venez de m'apprendre tout un tas de choses qui m'intéresse au plus haut degré.

Ceci dit. Et si l'on devenait ami, si on devenait copain… Cela gommerait automatiquement en premier lieu, ma toute petite taxation.

– Luciano rétorqua. Et moi, vous m'autorisez à vous taxer de combien pour avoir salement éliminé Julot mon cousin.

Ô, comme vous y allez, je ne connais pas beaucoup de monde qui aurait osé une telle réponse, mais voyez-vous, vous me plaisez beaucoup.

Réponse surprenante et cinglante de Luciano. Je suis désolé lui répondit-il sans humour.

Non, vous n'êtes pas mon genre, vous avez du sang de ma famille sur les mains, de plus je préfère de loin Camouna dont vous vous êtes servi, lâchement contre moi.

Vous refusez donc mon offre. Ben, nos relations démarrent bien à ce que je vois, vous êtes en colère contre moi et je vous félicite pour votre grand déballage verbal. Vous allez finir par arriver à me désarçonner comme jamais, je n'aurais pu le penser.

Si vous arriviez à stopper ici, ce que je nommerai, votre caca nerveux. Peut-être que vous auriez des explications de ma part, qui arriveraient à vous satisfaire.

Je vous signale, que premièrement je n'ai pas à me justifier de cette situation. N'oubliez surtout pas qui est le maître en ces lieux.

La situation qui se présente ici. C'est que vous avez contacté Monsieur Jules Baldi pour ne pas payer votre amende.

D'après ce que vous êtes en train de me dire, il a préféré l'affrontement plutôt que de vous aider à payer. Certes c'est un point de vue, mais est-ce le bon.

Dans sa précipitation, il a commis une faute majeure en prévenant la police militaire qu'il connaît très bien, il l'utilise plus souvent qu'à son tour.

Mais ce qu'il a oublié surtout, c'est que j'ai mes antennes un peu partout, et particulièrement dans cette police. Son, ou bien votre plan, m'a été transmis sur-le-champ. Et vous pensez bien que cette police militaire, que j'arrose abondement m'a donné tous les détails, puisque c'est lui-même qui leur a transmis.

Le malheureux, il voulait tous nous faire coffrer, s'il y avait du grabuge. Je crois que votre grand Julot s'est mis à rêver singulièrement, sa propre force l'a ébloui.

Ainsi la solution a été vite trouvée. Éliminer provisoirement Jules Baldi, et vous recueillir facilement en tombant tête baissée dans la jeep, son propre piège.

En clair cette police m'a obéi d'abord, et en suite exécuter les ordres de votre Julot, contre lui.

La vaste partie d'échecs entrait dans une phase aiguë. Luciano avait perdu la majorité de ses pièces maîtresse, Monsieur Chang N'Guyen le grand maître à jouer s'amusait fort bien de lui, rien n'était jouable, un véritable dégoût d'insister.

Bon Monsieur Luciano, voilà… Dans une heure et demie environ le Jean Laborde lève l'ancre et appareille en direction de Djibouti, vous serez donc sur le retour en France.

J'ai l'accord de votre cousin Julot, et j'ai une proposition à vous faire.

Moyennant une très forte commission, en nature, accepteriez-vous de me faire une livraison importante sur Marseille.

Vous n'aurez les détails, seulement que si vous acceptez mon offre.

Monsieur Chang N'Guyen, ce que vous me proposez là, sans mauvaise pensée de ma part je ne comprends pas bien votre question, c'est du Chinois ou quoi.

Vous savez parfaitement que vous avez fait tuer Monsieur Jules Baldi, et vous me proposez de travailler avec lui ?

Ne vous affolez pas Luciano, j'aime bien les gens comme vous, quand ils sont en colère, ainsi vous montrez votre caractère, vous montrez que vous en avez.

Non je n'ai pas tué Julot comme vous le dites si bien. Car c'est un de mes meilleurs éléments, et félicitations si vous êtes de cette trempe.

Il a bel et bien reçu une fléchette dans le cou. Mais ce n'était pas du Curare comme vous l'avez si bien imaginé. Mais une belle dose de Cuconnu, solution dont on endort les tigres dans les zoos pour les soigner.

Il n'a reçu qu'une seule petite dose, pour un homme adulte de son âge. Et j'ajoute même qu'il se trouve à l'heure actuelle, à bord de son navire pour en assurer son service.

Je vous conseille de ne lui parler de rien, il ne souvient absolument pas, de tout ce qui s'est passé.

Si je comprends bien je suis tout simplement échec et mat.

Non, vous pouvez encore déplacer votre Roi, et le défendre avec les quelques petits fantassins qu'il vous reste.

Si non, oui, vous êtes échec et mat. Vous avez perdu votre Reine "Camouna en tout début de partie.

Je serai obligé peut-être de vous garder ici, cela m'ennuierait beaucoup Monsieur Luciano.

    — Je vous écoute, de quoi s'agit-il.

    — Vous acceptez alors !

Si Julot vous a dit oui, je n'ai pas son envergure, mais j'accepte.

– C'est la même combine ?

– Oui bien sûr.

Je vous remets une ceinture de trois rangées superposées de dix lingots d'or, soit trente lingots.

Cela sera certainement un peu lourd à supporter, mais vous me semblez robuste vous aussi.

Environ un kilo par lingot, soit un total de trente kilogrammes, l'or se compte en grammes mon cher Monsieur Luciano…

Et seulement à la livraison, vous en recevrez la récompense cash, de dix pour cent.

Soit trois lingots, pour vous, un par rangée.

Pour clarifier le tout. Dix lingots d'or livrés, il y en a un que mon correspondant et associé à Marseille vous remettra.

Et comme il y en a Trente, trois lingots vous seront remis à main propre, le même jour. Sans hésitation, ni murmure, comme à l'armée.

Attention c'est une affaire importante, fortement rentable pour vous.

Mais sachez-le, vous prenez, et vous acceptez des risques énormes et très importants.

Si vous vous faites pincer, car vous n'êtes pas sans savoir que le trafic de l'or est interdit et punis sévèrement par la loi.

C'est tout pour vous. Et vous resterez débiteur de trente lingots d'or pour mon compte, vous serez obligé de me les rembourser, au cours du jour.

Et bien sûr, si vous êtes bavard, et que cela s'ébruite. Beaucoup de vos amis, ou du personnel du navire, n'hésiteront pas à vous faire chanter, ou à vous dévaliser.

Soyez donc muet à ce sujet, même avec Julot.

Car idem, vous me devrez trente lingots, ou la somme équivalente au cours du jour.

Ben, à l'annonce de tout cela, un grand frisson glacial, parcourut tout le long de la colonne vertébrale de Luciano.

En même temps qu'en exergue, comme dans un petit nuage imaginaire, il voyait scintiller trois jolis lingots tout étincelants. Ou si vous préférez trois belles briques en francs de l'époque. Gros gains, gros risques.

Il reçut sur-le-champ un joli paquet-cadeau, non fermé, pour en vérifier le contenu, voir si les ceintures étaient bien conformes, offert par les mains délicates de Camouna.

Les larmes aux yeux, avec une infinie tendresse, elle déposa lentement, sur chacune des joues de Luciano, un baiser fort appuyé.

En lui susurrant à l'oreille, avec son merveilleux accent Vietnamien. À votre réussite.

Une nouvelle fois, il entendit le gong, retentir avec charme et douceur, raisonner à l'infini dans sa tête… GONG)))))))

Et dans son joli petit kimono, Camouna s'évapora, s'effaça, comme elle était venue.

Luciano restait KO, de ce délicat moment d'attention qu'il venait de vivre.

Monsieur Chang N'Guyen rompit le charme à sa façon. Hé bien, mon cher Monsieur Luciano, si ça, ce n'est pas de l'amour, je me demande bien à quoi l'amour peut ressembler.

Je vais vous faire raccompagner sur-le-champ par mes hommes jusqu'au Jean Laborde qui doit lever l'ancre dans une petite heure maintenant.

N'oubliez pas votre joli petit paquet-cadeau que Camouna vous a transmis avec tant de chaleur.

Dedans vous y trouverez, outre la ceinture de type cartouchière, pour y loger vos précieux lingots d'or, qui vous seront attribués par un de mes collaborateurs à Djibouti, votre prochaine escale.

C'est votre principal outil de travail en quelque sorte.

Vous y trouverez aussi une grande enveloppe, contenant impérativement toutes les instructions à suivre, par ordre chronologique.

Surtout ne laissez pas traîner cela n'importe où, mais bien enfermer dans le bureau de votre cabine personnelle, puisque vous un êtes chef de service.

Et bien sûr, à l'abri des regards de personnes mal intentionnées.

Très important, à chaque étape des instructions accomplies, vous prendrez soin de détruire ces documents, par le feu. Et tout en parlant, en donnant ses toutes dernières recommandations.

Ils s'étaient approchés tous les deux sur le perron de la grande villa.

Maintenant de tout cœur, dans l'intérêt de tous et en fabuleux homme intrépide que vous êtes, je vous souhaite un bon vent, et une bonne route, cher Monsieur Lucien Luciano.

Vous allez de façon urgente prendre place dans la traction avant, que vous connaissez déjà.

Luciano fort émotionné par ce final, s'engouffra dans la traction avant, et en route avec son joli paquet-cadeau sous le bras, pour le bateau ou il lui tardait de prendre sa place.

Le repas du soir approchait et curieusement, il avait subitement une grande fringale et une très grande soif…

Et pourquoi aussi ne pas ajouter aussi, une très grande soif de liberté.

Au revoir Saïgon.

Dix-huit heures tapantes, le grand paquebot des messageries Maritimes largua ses nombreuses amarres, provoquant de très grands remous dans le fleuve qu'il devait redescendre sur quatre vingt deux kilomètres, pour atteindre le sud de la mer de chine et ensuite beaucoup plus bas, entrer dans la mer d'Arabie en direction de Djibouti.

Sur le quai du port, comme toujours, une foule très nombreuse était venue assister à ce beau manège, impressionnant, d'un grand paquebot qui lève l'ancre, pour de bien lointaines escales.

Partir, c'est mourir un peu disait le poète. Tout le monde était au bastingage en agitant des mouchoirs, pour un dernier au revoir, un dernier adieu toujours déchirant.

Camouna n'était pas parmi la foule, remarqua avec un petit pincement au cœur le beau Luciano.

Le bateau s'éloigna, pour finalement disparaître dans la brume lointaine.

Saïgon, c'est fini, une énorme page se tourne, mais la vie continue, et l'aventure aussi.

Pour la suite, nous restons donc à bord du grand paquebot, Jean Laborde.

En plus de son travail quotidien, Luciano mit deux jours plein pour récupérer pleinement cette énorme aventure.

Alors qu'une nouvelle aventure, l'attendait au tournant, encore bien plus ardue.

Pour cela, il décida de bien étudier les directives qui se trouvaient dans l'enveloppe.

En suivant bien tout à la lettre, et surtout bien consciencieusement.

Les idées bien en placent, en essayant de prévoir l'imprévu, cela ne devrait pas être trop difficile.

Il s'autorisa ce délicat travail, uniquement à tête reposée, après sa journée à la buanderie, dont il en avait la grande responsabilité. Bien enfermé le soir dans sa cabine, à l'abri du bruit, et de toutes autres perturbations possibles.

En effet la veille de l'arrivée à Djibouti, ben voilà, se dit-il, je vais ouvrir cette fameuse enveloppe, et bien m'enfoncer ça dans le crâne.

L'enveloppe n'était pas très épaisse, mais très explicite. Trois adresses bien définies avec les noms possibles à contacter.

Ce n'était pas mal. Je ne crains rien, vous pouvez en prendre connaissance, c'est élémentaire mon cher Patson.

Les trois meilleurs magasins pour les bonnes affaires sont.

En un, le Chachacha, route d'Ambouli à cinq kilomètres du centre-ville en direction du camp d'aviation.

C'est une boîte de nuit en plein air, très bien organisée, très bien fréquentée.

Sous la direction de Monsieur Pierre Russian, dit Pierrot, un ancien du Tchad décoré par le général De Gaulle en personne. Voici sa photo.

Il possède également un grand bazar place Ménélik, vous y trouverez tout ce qui peut vous intéresser. Ne traiter qu'avec Pierrot. En numéro deux, il faut voir Monsieur Jack-Jivan, un hindou de première qualité à la patience inégalée, doux comme un agneau. Voici sa photo.

Dans son grand bazar, boulevard de Paris. Mais ne vous y trompez pas, le boulevard de paris est beau, mais pas du tout goudronné, ce n'est que de la terre battue.

Vous trouverez à l'intérieur, tout ce que vous voulez, de la simple bougie parfumée, jusqu'à la caméra la plus sophistiquée.

Voir seulement Monsieur JackJivan en personne. Voici sa photo.

Ne soyez pas étonné si vous voyez des chèvres manger du carton à la poubelle, les vautours eux, ils font les poubelles de l'hôpital.

Et finalement, en trois il y a le Palmier en Zinc, un très grand restaurant sur la place Ménélik, sous les arcades.

Le patron se nomme, Monsieur Hubert Roger, un ancien musicien trompettiste de bonne valeur.

Il faut avoir affaire à lui, uniquement, c'est un grand blond, un vrai Marseillais bon teint. Voici sa photo. Une particularité, Djibouti est un des deux pays les plus chauds au monde.

En hiver vous avez 27°, en été 40° en moyenne, à l'ombre. Prenez bien vos dispositions, et surtout ne buvez pas d'alcool.

– À vous de choisir, l'un des trois.

La grande enveloppe, contenait une enveloppe supplémentaire. Il lui était fortement conseillé, de ne l'ouvrir qu'à Marseille,

Et seulement le dernier jour.

Pour la première fois de sa vie, le beau Luciano, allait récolter, faire la moisson de trente kilos d'or.

Il y avait de quoi faire palpiter le palpitant. Il avait décidé de contacter au Chachacha Monsieur Pierrot Russian, dans sa boîte de nuit environ vers vingt-deux Heures, pour éviter la grosse chaleur.

Il avait en tête le mot de passe que Monsieur Chang N'Guyen lui avait transmis.

Il vérifia, avec minutie la ceinture qui devait lui servir pour le transport du précieux chargement.

C'était une brassière en toile de couleur bleu nuit. Avec de larges bretelles très simples pas du tout encombrantes, tout ce qu'il y avait de plus ordinaire, et de plus fonctionnel.

Avec en complément, tout autour sur trois rangs comme prévu, et des logements rectangulaires à la verticale, de 13 cm par 6 cm, pour y loger les lingots, le tout était fermés par des pressions très solides.

Son sac de sport, tout ce qu'il y a de plus anodin par la main, il descendit la coupée par l'arrière, échelle réservée au personnel de l'équipage du bateau, lorsqu'il se trouve à quai.

Il salua au passage les gardiens de la passerelle, qu'il connaissait parfaitement. L'un d'entre eux lui fit le compliment suivant.

Hey, Luciano tu vas danser ? Tu es sapé à mort, tu vas faire des ravages dans cette tenue.

En effet tout de blanc vêtu, de la tête aux pieds, il était très beau notre Luciano.

Ben, il longea les quais, mal éclairés sur une cinquantaine de mètres, où se trouvait la petite station de taxis en service, lorsque les grands paquebots étaient accostés. Et s'engouffra dans une belle Américaine, une Desoto, de couleur vert d'eau, à l'intérieur comme à l'extérieur, resplendissante. Conduite par un homme de couleur, certainement un Djiboutien.

Bonsoir Monsieur, pouvez-vous me conduire au Chachacha s'il vous plaît.

Mais bien sûr Monsieur, c'est ma course préférée lui répondit-il.

Il ajouta, je me présente. Je suis Youssouf, chauffeur de taxi, tout ce qu'il y a de plus discret à Djibouti.

Ici tout le monde m'appelle le Marseillais parce qu'à une époque de ma vie, j'ai vécu trois années de file dans la grande cité phocéenne.

Tout le plaisir est pour moi Monsieur Youssouf, répondit Luciano, vous êtes très sympa et c'est très bien ainsi.

Il saisit la balle au bond, pour lui dire qu'il en avait pour une, ou deux bonnes heures, dans cet établissement.

Donc qu'il vaque à ses occupations si nécessaire, mais qu'il n'oublie pas de venir au parking pour le ramener par la suite au bateau. Ben c'est très simple répondit Youssouf, je reste en position au parking, je ne bouge pas jusqu'à votre retour.

Et il ajouta amusez-vous bien, à tout à l'heure, prenez tout votre temps cher Monsieur.

Hé bien tout ça s'annonçait pour le mieux, et le trajet avait été agréable et rapide.

D'un pas décidé, et rapide, il s'élança d'une allure sportive, et franchit sans encombre la grande grille de l'entrée du bel établissement, c'était noir de monde.

Il fut immédiatement dirigé vers une table seule, un bel emplacement réservé, entre l'Immense comptoir et la piste de danse.

Stratégiquement bien placé pour un bel homme seul, d'un rapide coup d'œil, il pouvait repérer facilement la cavalière de son choix.

L'orchestre Typique, dans le plus pur style de Benny Bennet et sa tumba, s'en donnait à plein poumon.

Le chanteur, la chanteuse tous deux étaient bien dans le coup.

Les saxophones, les cuivres, la rythmique, étaient déchaînés, survoltés. Avec un orchestre de cette trempe, si les clients ne dansaient pas, c'est qu'ils étaient malades.

Luciano resta tranquille, l'ambiance était bonne, c'était bien suffisant, au milieu de cette belle et grande assistance, il passerait inaperçu, il ne choquait pas dans ce décor merveilleux.

Après avoir pris ses premiers rafraîchissements, car il se souvenait des recommandations de Monsieur Chang, surtout pas d'alcool.

Il fut abordé par une très jolie Nana, un lot exceptionnel, d'une élégance très féminine, avec un décolleté plongeant, découvrant une très jolie poitrine, ferme et abondante.

Le tout baignant dans un confortable fourreau de soie. Elle s'installa à sa table, face à lui.

Bonsoir Mademoiselle, à qui ai-je l'honneur. Voilà une bien jolie surprise.

Vous ressemblez étrangement à une relation de Monsieur Pierrot, ne seriez-vous pas Monsieur Lucien Luciano par hasard ?

Je vais vous dire mademoiselle, vous n'êtes pas pour me déplaire, bien au contraire.

Mais si vous voulez parler de Monsieur Pierrot Russian, je dis oui, mais j'aimerais bien répondre à ce Monsieur et en personne.

Hé bien, justement il est là, derrière vous, et il aimerait bien faire votre connaissance.

En effet tout souriant, le visage un peu anguleux, les cheveux bruns et frisés.

Monsieur Pierrot Russian était là devant Luciano, le héros du Tchad en personne, si bien défini dans la description de M. Chang.

Heureux de vous connaître Monsieur Russian, vous savez pourquoi je suis venu, et si je vous dis.

Quelle est la couleur du cheval blanc d'Henri IV, vous me répondrez ?

Bleu, blanc, rouge, mon cher Monsieur Luciano, accompagné d'un grand éclat de rire, découvrant ainsi de très jolies dents blanches bien soignées.

Le mot de passe venait d'être échangé, rien à craindre on pouvait discuter ouvertement.

Il dit à Luciano restons à votre table, je vous offre le champagne, et il indiqua à la charmante Lola de faire le nécessaire.

L'entrée en matière ne pouvait pas être meilleure. Le temps, le décor, l'ambiance, le champagne et

Lola, l'adorable et jolie créature. Luciano ne s'attendait pas à une telle réception c'était de très bon augure.

Rapidement avec beaucoup de diplomatie, à mots couverts, Monsieur Russian entra dans le vif du sujet.

Et il invita Luciano, d'aller dans son bureau non loin derrière, tout à l'arrière l'établissement.

Ce qui fut fait avec une certaine discrétion, dans l'ambiance générale.

Une fois installé, il demanda à Luciano de lui montrer la brassière, de vider son sac de sport.

Voilà ce que je vous propose dit-il. Nous avons fait connaissance, je vois que vous êtes un solide gaillard, Monsieur N'Guyen choisit toujours bien ses hommes.

Je vous déconseille de transporter tout cela cette nuit, pour ne pas prendre de risques inutiles.

Je vous prépare votre cartouchière à tête reposée. Et demain vers dix-sept heures, vous passez dans ma boutique place Ménélik, vous ne pouvez pas vous tromper. Je suis juste en face, du grand restaurant de renommée mondiale, le palmier en zinc. De plus sur mon grand bazar, ce que nous appelons-nous, un comptoir, le nom au néon est inscrit en toutes lettres.

Nous prendrons bien sûr, le temps nécessaire de vérifier le tout. Et par sécurité avec la petite fourgonnette de service notre Citroën, deux chevaux, je vous raccompagnerai sur les quais, jusqu'à votre navire.

La cargaison est trop importante pour négliger cela, et à nous deux en cas de pépin, on s'en sortira beaucoup mieux.

Car ici les flics surveillent de près les trafiquants, et il n'en manque pas. Et les trafiquants eux surveillent la police, qui est nombreuse aussi.

Monsieur Russian, je vais suivre sagement, et à la lettre toutes vos directives.

Je pense que vous avez parfaitement raison. Vous avez bien le sens des affaires importantes, on est jamais assez prudent, ou prévoyant.

De plus si je puis dire, vous êtes sur votre terrain.

Je crois que nous venons de faire une belle mise au point. La prudence est de règle. Je vais partir rassuré bien gentiment comme je suis venu, sans excès.Je vous remercie pour tout, votre parfait accueil, je vous félicite pour votre établissement, qui à mon avis est de première qualité, de tout premier ordre.

Mais là, je ne vous apprends rien, vous le savez parfaitement.

À demain donc, dix-sept heures, sans faute, mes hommages à Mademoiselle Lola.

Après une belle poignée de main, vigoureuse, traversant le patio, tout en se créant un passage parmi la foule dense des nombreux clients, la belle stature de Luciano s'estompa vers la sortie.

Il repéra facilement l'imposante Desoto, dans le parking, où stationnait une bonne centaine de véhicules, de toutes marques, et de toutes les couleurs.

J'ajouterai à mon goût personnel toutes plus belles les unes que les autres.

C'est beau Djibouti, de cette façon-là, j'aimerais bien y vivre quelque temps, une vraie vie de cinématographe.

Mais ne rêvons pas, après-demain c'est le grand départ, pour Marseille.

Luciano s'engouffra dans la belle Desoto, et indiqua en route mon cher Monsieur Youssouf, merci d'être fidèle au poste.

Et la voiture démarra en trombe, avec grande virtuosité,

Ils se retrouvèrent sur la voie du retour. Mais il fallut à Luciano, plus de deux à trois cents mètres, pour constater dans le rétroviseur du chauffeur, les reflets jaunes de l'éclairage axial aidants, que Youssouf n'était pas au volant.

Ce fut une fort désagréable surprise pour notre ami Luciano, le chauffeur compris très vite, qu'il était découvert, prenant pour prétexte d'un besoin naturel et pressant, pour stopper au plus vite la voiture sur le bas-côté de la route.

Il partit en courant derrière le petit mur du grand cimetière distant de quinze à vingt environ, et disparu dans l'obscurité de la nuit.

Alors que les deux portières arrière, s'ouvraient avec une rare synchronisation par deux malfrats, uniquement pour lui voler son magnifique sac de sport vide.

Le temps d'un éclair, et il n'y avait déjà plus personne, ils avaient fui comme des rats.

Luciano comprit que la seule solution, la plus simple la plus rapide, c'était de se mettre au volant de la Desoto et de fuir rapidement en direction des quais, jusqu'au Jean Laborde.

Il fallait vraiment avoir un sang de glace pour gérer cette rapide situation.

Pour cela, Luciano avait réagi de main de maître, et sans hésitation.

Les quelques kilomètres restant, furent pour lui, un jeu d'enfant pour rejoindre les quais du port.

Même mieux il trouva tout naturel de remettre la Desoto à sa place, à la station de taxis.

Et là, à cet instant, de violents coups venant de la malle arrière successivement et à plusieurs reprises, Luciano comprit, qu'il devait vérifier rapidement.

En ouvrant la malle soit la cinquième porte du véhicule, il vit avec stupeur, notre ami Youssouf bâillonné, et bien ficelé comme un gros fagot de bois.

Tout naturellement Luciano déficela, et libéra Youssouf rapidement, mort de peur, qui vraiment se trouvait en mauvaise posture, très proche de l'asphyxie complète. Pas besoin de faire un dessin, tout venait de s'expliquer facilement.

Après avoir repris tous ses esprits, Youssouf tout penaud, remercia du mieux possible, Luciano pour l'avoir libéré de façon, aussi rapide.

Et aussi pour lui avoir remis la jolie petite somme de cent francs CFA pour la course et tous les tracas qu'il venait de subir.

Tout venait de rentrer dans l'ordre dans le meilleur des mondes, Luciano n'avait qu'une hâte, c'était de rejoindre ses pénates, dans sa belle cabine climatisée et d'oublier au plus vite, tous ces derniers avatars.

Avec, sans oublier, ne l'oublions pas, un grand seau de glaçons, et de sa bonne bouteille préférée de bon whisky.

Le lendemain Luciano étant obligé tout de même de faire face à ses obligations.

Dès huit heures du matin il fit une tournée d'inspection dans sa buanderie, pour savoir un peu, si cela tournait rond.

Il questionna ses deux repasseurs de service, les deux laveurs de linge en machines.

Ils avaient à leurs dispositions, une machine de cinquante kilos pour laver le linge, les grosses pièces de linge sale du bord.

Et deux machines de vingt kilos pour le reste du linge à laver tout-venant. La buanderie était équipée d'une machine pour repasser les draps, les nappes, le linge plat.

Avec également deux essoreuses très puissantes. Dans l'ensemble tout fonctionnait bien, le tout était un matériel de première qualité, très bien entretenu.

L'ensemble fonctionnait à la vapeur, avec de l'eau, et de l'électricité.

Pour ce côté-là, tout fonctionnait parfaitement bien, dans cette petite blanchisserie en miniature. En cas de pannes, bien sûr il y avait à bord tous les corps de métiers, de vrais spécialistes.

Dans l'ensemble, Luciano était très satisfait de sa visite, de tout son personnel bien en place, un personnel essentiellement masculin et de couleur. Il n'y avait donc rien à signaler.

L'après-midi il décida de mettre de l'ordre dans sa cabine, elle était installée sur le pont arrière du paquebot et attenante à la buanderie.

17 heures n'étaient pas loin, et il décida de partir à son rendez-vous chez Pierrot Russian, dans sa boutique, place Ménélik.

Il fut reçu à bras ouverts, Pierrot l'attendait impatiemment, dans son grand bazar.

Viens Luciano, mon ami, nous allons dans l'arrière-boutique pour vérifier tout ça.

Du premier coup d' oeuil Luciano vu que tout était prêt. Pierrot en premier lieu, mit le sac de sport sur la table centrale.

Luciano eut un haut-le-corps, et d'un air tout étonné il demanda à Pierrot, comment ce sac était arrivé là.

Tu l'as reconnu lui répondit-il…

Cette nuit après notre discussion, lorsque tu as accepté de suivre mes conseils et de venir ici à 17 heures, tu as fait preuve d'un très bon jugement et tu as marqué des points précieux.

Vis-à-vis de notre organisation, imagine que tu insistes et que je te remette les lingots, comme convenu. Pris par surprise, tu aurais très bien pu être dévalisé par nos hommes, et crois-moi, ce sont vraiment des professionnels.

À ton départ de mon établissement, tu as été mis à l'épreuve, de notre règlement.

Afin de connaître, de voir tes réactions dans la difficulté.

Disons, un exercice grandeur nature, et je vais te dires de suite, que les résultats te concernant, sont excellents.

Premièrement je me répète tu as suivi mes conseils. Deuxièmement, rapidement tu as vu dans le rétroviseur que ce n'était pas Youssouf ton chauffeur.

À ton regard, il a compris que tu ne paniquais pas, il a même eu la trouille.

Et pour couronner le tout tu n'as pas hésité un seul instant à prendre le véhicule.

Dans l'ensemble ta réaction a été parfaite, comme nous l'attendions.

De ce fait notre confiance en toi est confirmée. Le plus difficile reste à faire, c'est de te débrouiller seul jusqu'à Marseille.

Voici mes derniers conseils, je te remets un petit coffre-fort qu'il faudra fixer au meilleur endroit, dans ta cabine, le placard sans doute. Au moyen du matériel ajouté, tu as quand même une notice bien précise.

Voici la brassière, elle est chargée à bloc, tu peux et tu dois bien tout vérifier.

Hé bien, en suite je t'accompagne au bateau, je ne peux pas t'en dire plus. On y va. Go, go, go, c'est parti mon Kiki.

Luciano, mon brave, je te fais la bise maintenant, arrivé au bateau, ça la foutrait mal.

Et voilà, nous sautons dans la deux chevaux avec tout le barda, ta ceinture bien installée sur tes larges épaules et sur ton avantageuse poitrine.

Le trajet avec l'increvable deux chevaux, toujours prête à bondir, fut avalé en un rien de temps.

Les deux hommes avaient bien sympathisé, et c'est un peu le cœur gonflé, qu'ils se séparèrent.

Demain 8 heures c'est le grand départ pour toi, et ton imposant Paquebot.

Tchao Luciano, tchao, et que Dieu te garde. Tout est bien, et qui fini bien pour toi à Djibouti.

Luciano venait juste de tout ranger en vrac dans le placard de sa cabine, que déjà quelqu'un frappait à sa porte.

C'était tout simplement Julot, qui venait pour lui rendre visite.

Bien évidemment ils trinquèrent en prenant l'apéritif, finalement bien gagné, et pour l'un et pour l'autre. Les journées sont longues, et pénibles à bord.

Julot entama la conversation. Je t'ai vu arriver avec la deux chevaux de Russian, ne t'inquiète pas, je te parle en cousin, comme à un frère.

Comment tu t'en es sorti avec Chang à Saïgon, je sais qu'ils sont vachement tous liés les uns aux autres.

Ne te laisse pas embrouiller, c'est tous des bandits, des tueurs, et des voleurs de grands chemins internationaux.

Julot je vais te dire, puisque tu m'en parles j'aimerais bien frapper un grand coup sur la tête de la haute personnalité de M. Chang N'Guyen.

Celui-là, je l'ai en travers de la gorge avec ses coups tordus d'homme intouchable.

Le sale tour qu'il m'a joué avec Camouna, la rançon, la mise à l'amende qu'il voulait me prendre.

Tout juste s'il ne voulait pas que je fasse le tapin pour lui, ce grand con.

Et pour toi ça peut aller ? Ce n'est pas trop dur le boulot sur le pont ?

Oui, tant bien que mal, avec ma grosse et grande carcasse je m'en sors toujours.

Mais j'en reviens à notre conversation, tu as raison, ce sont des mecs capables de te faire faire n'importe quoi, et à tes frais pardessus le marché.

Si tu es vraiment remonté contre lui, et à ce point, je pourrai t'affranchir, te tenir au courant d'une affaire importante contre lui.

Oui, mais attention, il faut frapper sec, fort, et rapide contre lui, c'est vraiment une vipère.

Julot, dis toujours, je verrai après. Tu penses que l'on peut agir que tous les deux, ou il faut une grosse équipe.

Ben ça dépend, c'est toujours pareil, au moins on est, au mieux ça marche, pour tout un tas de trucs

Tu pourrais me dire ton idée première, ton idée directrice.

Oui bien sûr, voilà à environ une centaine de mètres d'ici, il y a un caboteur amarré à quai, qui ne paye pas de mine.

Ce bateau appartient à ton antagoniste, ton ennemi, celui qui semble avoir pris l'ascendant sur toi.

Je sais qu'il est bourré d'or, et même peut-être de la drogue, de la cocaïne. Mais là je m'avance un peu trop.

En clair, si tu préfères, ce bateau c'est une mine d'or ambulante. Pour une vengeance toute simple il suffirait de le faire exploser, Chang aurait une perte énorme, c'est sa cachette, ses réserves, tout ce que tu veux.

Pour lui porter un grand coup, sur sa vie actuelle, il serait détruit et pour longtemps.

Mais cela ne te rapporterait rien.

Tu m'as dit pour une vengeance toute simple. Et pour une vengeance toute compliquée, qu'est-ce que cela serait alors, selon toi. Est-ce que cela serait rentable pour nous, tout en le détruisant, c'est cela que j'aimerais réaliser. Il faudrait lui prendre, lui confisquer son navire, et s'approprier tout le gros magot qui se trouve à bord, tout ce qui est négociable.

On prend le navire et on s'en va avec.

Et comment on fait. Demain à 8 heures on lève l'ancre. Il faudrait déserter notre navire et envahir l'autre, c'est impossible.

Ben, oui, je crois que tu as raison, je me suis laissé emporter par la haine, et la méchanceté contre ce sale mec.

Il y aurait une troisième possibilité, dit Luciano, mais je la trouve un peu mièvre et ma conseillère en technique ne serait peut-être pas d'accord.

Elle se situe entre les deux. Dit toujours on sait jamais.

Mais d'où ça vient que tu as une conseillère technique, toi. Non, ne t'occupe pas de ça, cela n'a rien à voir. Si tu veux savoir, je fais des études en ce moment, par correspondance, c'est très personnel.

Si on réfléchit un peu, détruire son bateau ce n'est pas rentable pour le risque encouru.

Si on prend sa fortune ambulante, c'est très bien. Mais on n'a pas le temps, et on n'est pas prêt.

Puis surtout il faudrait un minimum d'équipage pour y arriver.

J'aurai bien une petite équipe très sûre avec le commandant René Buge. Il a toujours sous sa main du personnel des hommes de barre avec lui.

Mais mon brave Julot, ils se trouvent tous à Marseille.

Hé bien voilà, on y va quand même, comme si on faisait un casse ordinaire, n'importe où.

On prend le maximum et on se démerde pour tout planquer sur le Jean Laborde.

Ho putain, Luciano, tu es un super champion de la gamberge rapide, tes études sont valables, viens on y va.

Julot, il faut un minimum de réflexion. Quant à la cocaïne je ne veux pas y toucher. L'Or oui, mais c'est vachement lourd à transporter, et ou on va le mettre.

Pour faire un coup valable, il faudrait piquer au moins deux cents lingots d'un kilo.

Au cours actuel de 5 000 € le lingot, ça fait juste un Millions €, on divise en deux ça fera un bon paquet de fric à chacun, je pense que ça serait valable, pas vrai Julot.

(Nous sommes en 1948, pour les pénibles il vous faudra traduire en francs de l'époque).

Putain Luciano, tu es vachement plus fort que moi en calcul. Pour des mecs comme nous, c'est tout simplement le Graal.

Julot qu'est-ce que ça veut dire le Graal,

Oh fada pour un mec comme toi tu devrais savoir que ça représente un gros un énorme pacson, con.

Bon, tout ça c'est de la théorie, Julot, maintenant comme on fait pour mettre en pratique ta théorie, tu t'en charges Julot ?

Oui bien sûr il n'y a rien de plus facile. Vers minuit je mets une chaloupe de sauvetage à la mer, et en quelques coups de rames on rejoint discrètement le caboteur.

On débarque à bord, on fracasse tout le monde, on se sert et on s'en va encore avec la chaloupe, avec nos deux cents lingots d'Or, point barre, c'est pas mal pensé, c'est tout ce qu'il y a de plus élémentaire mon cher Patson. Et si on nous voit faire ce manège, on va morfler.

Oui Luciano, on va morfler, mais si ma tante en avait, ça serait mon oncle.

Le bosco, le patron de ces manœuvres-là, c'est moi.

On fera ça vers minuit, ça correspondra aux manœuvres de nuit, j'ai le droit et le devoir de le faire.

Pour savoir uniquement, si le mécanisme est en bon état, et surtout qu'il fonctionne bien, en cas de naufrage ou d'un autre besoin.

Le seul inconvénient c'est que je ne préviens pas le commandant du bateau. C'est là, un risque minimum à prendre.

Alors d'après toi, ce soir à minuit pile on passe à l'attaque.

Oui, dans un premier temps je prépare des sacs postaux que j'ai dans ma soute, ils sont en toile très solides et bien conçus pour les charger.

L'orifice et large, où un petit cordage coulisse dans une gaine prévue pour une fermeture facile.

Ils nous serviront à emmagasiner 40 lingots d'Or chacun. Si on réfléchit un peu, 40 kg, cela correspond à peu près à un sac de ciment.

Donc il nous faut cinq sacs vides pour avoir le compte. Luciano, si tu as le trac, tu transposes comme tu sais le faire en musique.

Tu penses qu'on va faire un hold-up dans un bureau de poste. La différence c'est qu'il y aura moins de monde et qu'ils ne porteront pas plainte, car c'est tous des voleurs, plus pourris les uns que les autres.

La première partie est réglée, on va s'occuper du processus d'accès.

On accoste à leur bateau, on amarre le nôtre cotre la coque de leur rafiot on enjambe au plus vite le bastingage, et on est à pied d'œuvre.

Je connais la bonne porte, qui est sur le pont arrière, on ouvre sec par surprise.

J'empoigne le gardien qui dort sur sa chaise. Je lui demande s'il veut revoir son père, sa mère, sa femme, et ses enfants et je lui ordonne d'ouvrir.

Il ne dira pas non, pour plus de sécurité, on le garde avec nous une fois qu'il a ouvert pour qu'il nous aide à charger le matos. Je lui conseillerai de ne rien dire à personne, de notre visite, comme on ne prend pas tout, personne ne s'apercevra qu'il manque deux ou trois cents lingots d'Or.

Dans la caverne d'Ali Baba Chang.

Ah oui, j'oubliais. Je prends deux sacs de plus, si on a le temps on en prend un peu plus, au diable l'avarice.

C'est parti mon kiki.

En effet le plan élaboré par les deux cousins, sur le papier semblait tenir la route. Et puis, qui ne risque rien n'a rien.

Il était zéro heure, lorsque Julot 1m90 130 kilos de muscles et Luciano 1m80 80 kg de muscles entamèrent le parcours prévu.

Julot enleva soigneusement la grande bâche, qui avec des œillets et de forts cordages élastiques recouvrait le dessus de la barque de sauvetage.

Un à l'avant l'autre à l'arrière, ils eurent vite fait pour descendre sans encombre et mettre la chaloupe à flot.

Par la même occasion Julot se rendit avec satisfaction, que tout fonctionnait bien, les poulies, les cordages, cela correspondait bien aux manœuvres réelles.

Les avirons furent installés dans les dames de nages prévues à cet effet. Il fourgua rapidement les sacs vides dans les caissons de secours.

Et vogue la galère en direction du Caboteur de l'ami Chang, la barque glissait correctement sur la mer calme, une toute petite brise marine leur fit grand bien aux narines.

Cela permit au cerveau de mieux apprécier l'instant calme et paisible de la nuit, mais peut-être aussi le calme avant la tempête, mais en tout cas, c'était toujours ça de pris.

Et sans efforts apparents ils accostèrent le petit bâtiment en question.

Tout semblait calme et somnolent, un petit tour de corde facile pour ne pas que la barque foute le camp à la dérive.

Et l'équipe de déménageurs, avec prudence, entreprit de poursuivre leur plan bien établi. Arrivé sur le pont arrière, la porte ne résista pas.

Et surprise, personne sur la chaise devant la porte d'entrée pour garder la caverne de notre Ali, baba Chang. Julot, n'eut pas besoin d'empoigner le gardien par le collet, pour lui demander s'il voulait revoir sa famille et d'ouvrir.

Trop facile, cela devenait inquiétant, il fallait passer outre, et vérifier si l'accès était libre.

Ben oui, cela devenait très inquiétant, Julot fit signe à Luciano de passer devant, au cas où, il interviendrait en force et par surprise.

Il n'avait peur de rien celui-là, et ne demandait qu'à en découdre, sans pétard, sans coup échangé cela n'avait aucune valeur.

C'est-à-dire, à vaincre sans combattre, la victoire est sans gloire.

Sur l'ordre de julot, Luciano entrebâilla la porte de la cabine d'entrée dans l'immense coffre-fort ambulant.

Il comprit immédiatement la situation, il n'y avait aucune surprise à attendre de la situation, une négligence du gardien presque excusable.

Mais les deux cousins auraient voulu prévoir cette situation, ils n'avaient aucune chance qu'elle se réalise.

Soyez adulte, et comprenez-moi.

Le gardien, au lieu de dormir paisiblement devant la porte, le célèbre gardien était en train de baiser à tire-larigot une très belle nana et croyez-moi.

Ni l'un ni l'autre ne faisait semblant, c'était du grand, du beau et du joli spectacle, humain, humanitaire et salutaire.

Comme j'oserai le dire, pour tout le monde, car cette situation tombait à pic.

Luciano fit signe à Julot de venir voir, et il comprit très vite qu'il n'y aurait pas de bagarre, et laissa les directives au diplomate Luciano.

Qui sans aucun doute saurait tirer un bon parti de la situation.

Comme pour toutes bonnes choses, cela cessa, et les fortes étreintes, aussi cessèrent.

Avec respect, Luciano intervint avec délicatesse, comme s'il n'avait presque rien vu, à quoi bon après tout.

Il laissa au gardien le temps d'ajuster la ceinture de son froc.

Et comme si de rien n'était, il lui dit avec une certaine autorité. Avez-vous préparé les dix sacs de lingots d'Or de trente kilos que j'ai commandé directement à Monsieur Chang N'Guyen. Sans se démonter, pour montrer qu'il était sérieux, le gardien aurait fait, et dit n'importe quoi.

Et c'est précisément sur ce que notre Luciano comptait.

Oui bien sûr Monsieur, d'ailleurs ils font tous uniquement trente kilos et toujours prêts à partir.

Luciano n'avait pas annoncé le chiffre de trente kilos, au hasard. Il avait assimilé ce qu'on lui avait proposé systématiquement chez Russian.

Et cela a marché parfaitement chez quelqu'un pris en flagrant délit de faute majeure.

Luciano comprit qu'il ne fallait pas démordre de la situation avantageuse causée par ladite faute, que le pauvre bougre avait en tête.

Le sentiment de culpabilité, dans certains cas c'est terrible. Luciano continua sur un ton autoritaire.

Aidez mon garçon de soutien à charger le tout, comme il a été convenu avec Monsieur Chang, dans ma propre barque. Pendant ce temps, donnez-moi votre registre pour que je vous signe les bons de décharges, pour la livraison des dix sacs de trente kilos de lingots d'Or. Afin de vous dégager totalement, de toutes responsabilités.

Les formalités accomplies, Luciano ajouta.

En vous remerciant cher Monsieur, pour vos bons et loyaux services.

Je peux vous affirmer de toutes mes plus simples excuses, et aussi de vous affirmer toute ma discrétion auprès de Monsieur Chang, lors de mon arrivée à l'imprévu tout à l'heure sur votre navire.

Dont vous avez le privilège et l'honneur de servir avec grand respect.

Je vous prie de croire, que Monsieur Chang, a en vous un très bon serviteur.

(La brosse à reluire allait bon train dans la bouche et le cerveau de Luciano).

La cargaison avec l'aide du gardien et de Julot fut d'une extrême rapidité, au-delà de toutes espérances, les plus positives.

Mine de rien ils venaient de réaliser un coup fumant et impensable, avec en prime trois cents kilos de lingots d'Or au lieu de deux cents, et...

Avec une extrême facilité, le temps de serrer chaleureusement la main du gardien, et Luciano sauta dans la barque où Julot attendait impatiemment.

Le retour fut rapide, Julot n'ayant pas jeté ses forces dans la bataille, il prit sa revanche sur les avirons.

Luciano aux avirons arrières avait de la peine à assurer le train d'enfer imprimé par le très solide et indestructible cousin.

Dis-moi Julot, on n'a rien prévu pour la planque de ce beau magot, comment on va faire.

Hé bien comme toujours, on ne va pas se casser la tête. On range trois sacs de trente kilos dans la soute à bagages à l'avant de la chaloupe.

On en met trois de trente kilos à l'arrière, et les quatre autres dans la soute à bagages centrale sous la banquette du milieu.

Avec les gros cadenas de sécurité que j'ai dans la réserve du bosco en chef, que je suis.

Je peux t'assurer qu'avec une surveillance sévère de ma part, tout cela tiendra bien le coup jusqu'à notre port d'attache, Marseille.

Sauf naufrage bien sûr, mais encore une fois, si ma tante en avait, ça serait mon oncle.

Mais dans l'immédiat Luciano, arrêtons de tirer des plans sur la comète.

Il faut ajuster les cordages aux poulies, pour remonter la chaloupe à sa place, pour s'assurer de sa stabilité horizontale.

Et surtout de sa bonne fixation au ponton. Ainsi nous aurons fait d'une pierre deux coups, le magot d'une part, bien en place.

Et les essais concluants grandeur nature, pour la barque de sauvetage.

Demain matin pour le départ à huit heures, on va avoir un sacré boulot sur le pont sous les ordres du commandant de bord.

Les dernières manœuvres sont toujours délicates à accomplir, avec ce genre de grand paquebot.

C'est une véritable ville flottante de trois cents mètres de long à bouger, à manier, et sans accroc.

Un dernier grand verre de whisky, avec de bons glaçons, dans la cabine climatisée de Luciano, était la bienvenue.

Avant le grand départ du lendemain et somme toute après la dure et longue journée que les deux cousins s'étaient imposés.

Il ne leur restait que quelques heures de repos pour récupérer. Décidément ces deux grands baroudeurs étaient infatigables.

Retour vers Marseille.

C'est la dernière étape, on va revoir la bonne mère, mais il va y avoir encore un sacré bout de chemin à parcourir.

À huit heures pile, le bateau largua les amarres, à grands coups de sirènes aux sons graves. C'est toujours grave de voir un paquebot qui part, qui s'en va.

Il s'éloigna du quai, sous les cris déchirants des adieux, et des au revoir des personnes venues accompagner leurs parents ou amis, en partance pour l'Europe.

Le cap fut mis directement sur la mer rouge, le canal de Suez, mais là il y avait quand même un très bon bout de chemin à parcourir.

Et ça, il faut le savoir, les nombreux bateaux arrivés à l'embouchure du canal, qui est à sens unique, hé bien chacun doit attendre son tour. Un peu comme s'il y avait un feu rouge, mais en plus fortement gigantesque.

Le canal de Suez par endroits pour ce genre de navire énorme, bien souvent de gauche et de droite la marge de manœuvre est très limité.

À deux ou peut-être trois mètres près de chaque côté seulement. C'est très beau à voir, même très impressionnant.

Le canal de Suez finalement, fut franchi sans encombre, avec aisance, normalement.

Dans les zones désertiques, sur chacun des poteaux électriques se trouvait perché un charognard prêt à intervenir pour se nourrir.

Le bateau fit une courte escale à Port Saïd et au petit matin, il leva l'ancre pour s'élancer dans la mer Méditerranée, pas toujours sympa pour ses fameux coups de tabacs sévères.

Vingt heures du soir, après sa dure journée de labeur à la buanderie. Le temps passait, et tout semblait calme au bataillon.

Jusqu'au moment ou l'on frappa à la porte de la cabine de notre chef buandier, le sympathique et ami Luciano. Paisiblement il alla ouvrir, il se trouva en présence, d'un individu prétendant être envoyé, pour lui livrer une belle boîte, un beau paquet-cadeau, ficelé par un joli ruban de soie.

Il remercia le boy pour sa livraison, en lui donnant une piécette d'argent.

Avec force curiosité Luciano s'empressa d'ouvrir le joli paquet-cadeau, sur la table de travail.

Horreur, la plus horrible inattendue des surprises, impensable inimaginable, Luciano se mit à vomir les tripes de trois jours passés.

Les yeux grands ouverts, il reconnut la tête du malheureux gardien du coffre-fort ambulant de cette saloperie de Chang. Ce n'était plus jouable.

La stupeur passée il devait réagir sans paniquer en homme, devant faire face décidément à un monstre inqualifiable.

Il décida de rejoindre dans sa cabine au plus tôt cousin Julot pour, l'informer de son inqualifiable mésaventure.

Sans aucun doute l'ultimatum venait d'être lancé et une sanction devait certainement suivre contre Julot et Luciano de la part de Chang N'Guyen.

Julot reçu son cousin, et le robuste Julot, lui, il était encore plus fortement choqué, plus bouleversé que Luciano.

Il venait lui aussi de vomir les tripes de ses derniers repas. Ayant reçu, tout comme Luciano le joli paquet-cadeau, contenant les testicules du malheureux gardien de nuit du coffre-fort, de notre inqualifiable crotale Chang.

Alors là, mes seigneurs, le combat s'avérait d'une telle ampleur, à savoir qu'il fallait surtout ne pas s'endormir.

Et vider l'abcès au plus vite, car si la réaction n'est pas instantanée, ça va être terrible, et le, ou les ennemis vont frapper fort, très fort et très vite.

L'urgence était de savoir si N'Guyen était à bord du Jean Laborde., et le déloger si c'était le cas.

Nul doute que c'était le cas, car il venait d'agir en puissance.

Julot alla voir rapidement son ami le Maître d'hôtel Albert de Frizzi, pour savoir où déloger l'inévitable Monsieur Chang.

De Frizzi confirma sa présence à bord, mais fut incapable de donner le numéro de sa cabine, qui se situait immanquablement en première classe. Avec cette précision, de très bons points venaient d'être acquis, mai cela était très insuffisant à cause du danger imminent encouru.

Les paquets cadeaux indiquaient clairement ce que cela voulait dire.

La maigre consolation que nous avons pour l'instant.

C'est de savoir qu'il est à bord, et que tant qu'il ne sera pas, où se trouvent avec précision ses lingots, pour ne pas les perdre. Il sera bien obligé d'épargner nos précieuses vies.

Il serait salutaire de lui tendre un piège au plus vite et le faire exploser, qu'on ne trouve plus aucune trace de ce charognard.

Allez les "cerveaux-lents", c'est plus le moment de planer, il faut agir et réagir. Si non la pieuvre va nous laminer.

Les haut-parleurs de bord grésillèrent un instant et la voix claire et audible du speaker de bord annonça.

À l'attention de tous les passagers, comme il est de règle et de coutume dans la compagnie des messageries maritimes. Un exercice d'abandons de navire va être exécuté dans une heure.

À cet effet vous trouverez dans chaque cabine une bouée de sauvetage, pour chaque occupant.

Vous l'installerez autour de votre poitrine pour le mieux possible, en suivant la notice, vous en avez en ce moment, largement le temps.

Vous monterez sur le pont, correspondant à chaque classe, et en bon ordre, ce n'est qu'un exercice mais il est indispensable.

Nous le faisons à chaque voyage, afin de ne pas paniquer en cas de besoin réel.

Par la suite étant sur le pont les hommes de bord, vérifieront si votre installation est correcte.

Cela prendra environ une bonne heure, et si tout se passe bien, après vérifications, vous pourrez rejoindre vos cabines respectives.

Surtout pas de panique, ce n'est qu'un exercice, mais il est indispensable.

En effet, une heure plus tard, comme de très bons élèves et en bon ordre sans paniquer. Mais tout de même les traits du visage tendus, et sérieux, tout le monde se retrouva et en silence sur le pont correspondant à chaque classe.

Ben, je pense que vous avez deviné, que Julot de son côté allait veiller au grain discrètement, malgré son importante corpulence.

Que de son côté Luciano, allait en faire de même sur le pont des premières classes. Car c'est lui qui avait reçu le plus explicite des cadeaux, mais ne nous y trompons pas, ils étaient bel et bien dans la même merde tous les deux.

L'honneur d'intervenir en effet fut venu, et donné à Luciano en priorité.

Avec son sang de glace qu'on lui connaît, il alla droit dans la foule des passagers tous obnubilés et pris par ce très sérieux exercice à la limite austère et lugubre.

Luciano se faufila au niveau du dos de Chang et sur un ton glacé, il ordonna à voix basse dans le creux de son oreille, au triste sire de s'exécuter.

À savoir, ne vous retournez pas, vous sentez dans votre dos une lame pointue et épaisse prête à vous traverser de part en part, votre ceinture de sauvetage pourtant très bien installée ne pourra rien pour vous protéger.

Si vous suivez bien mes instructions, tout se passera bien. Et vous récupérerez immédiatement une part de votre butin.

Je ne veux pas avoir de sang sur mes mains, ni sur ma conscience. Mais dans le cas contraire et vous le savez je n'hésiterai pas.

Et de cette simple façon, le véritable serpent à sonnette, crut réellement à la douce voix de son futur bourreau.

Qui à aucun moment, et pour cause, n'hésitera pas à bousiller ce chacal puant.

Pendant ce temps le grand Julot avait surveillé de loin le manège discret de Luciano.

Pensant à une escorte probable des hommes de Chang, il se tenait prêt à intervenir.

Mais si escorte il y avait, personne ne s'est aperçu de rien. Pourtant la situation était tendue et sentait la poudre à canon.

Après avoir conduit sous la menace de son couteau, jusqu'au pont arrière du navire, Luciano poussa Chang violemment dans sa cabine et ne lui donna pas le temps d'esquiver quoi que ce soit, les coups pleuvaient de tous les côtés…

En un temps record il tuméfia de coups le soi-disant salopard invulnérable, en lui faisant éclater les deux arcades sourcilières, le sang giclant de tous côtés principalement dans les yeux du monstre, qui comme par hasard hurlait de douleurs à chaque coup reçu.

Craignant au pire, Julot qui était dehors en embuscade, fit une irruption subite dans la cabine ensanglantée.

Et constata le massacre, que venait de faire notre Luciano très en verve et remonté à bloc contre son ennemi. Je crois que c'est ça un antagoniste qui s'est fait corriger et ramené à la réalité.

Mais comment tu as pu faire ce massacre sans qu'il puisse soulever le petit doigt.

Ben, mon Julot, d'abord je lui ai expliqué dans le creux de l'oreille de façon glaciale qu'il devait m'écouter, sous peine de se faire traverser le dos par ma lame pointue et acérée.

Et comme il ne s'y attendait absolument pas du tout, mentalement il venait de capituler. L'effet de surprise a joué à plein.

En suite, comme il était certain que j'étais un con-con amoureux, comme au début, de nos relations dont il était le maître. Il a plongé à pieds joints dans ma promesse qu'il allait récupérer immédiatement et sans délai une première partie de son butin.

Et en entrant dans la cabine je ne lui ai pas donné le temps de respirer.

Et crois-moi c'était la seule solution, car le mec, il est certainement plus futé que moi pour la bataille, dans les coups fourrés et les traquenards.

Il aurait utilisé n'importe quelle méthode pour me détruire.

Mon brave Luciano, je ne peux que te féliciter pour la méthode que tu as employée.

Moi j'en aurai fait peut-être probablement autant, mais avec plaisir, quant à toi, je crois que c'était vraiment par nécessité.

Il me semble, répondit Luciano, qu'il est mort maintenant. Mais dans tous les cas, mort ou pas mort, il faut le mettre dans un sac pour que personne ne comprenne quoi que ce soit.

Et le jeter à la mer comme il le mérite, les requins s'il ne s'empoisonne pas en le bouffant, je crois que cela sera sa meilleure action, qu'il aura faite dans sa putain de vie, ce maquereau. C'est avec beaucoup de joie que Julot exécutât les ordres de Luciano.

Il fallait bien sûr partager la besogne, si difficile soit-elle.

Mais ce n'était pas le cas, d'ailleurs pour Julot il n'y avait jamais rien de difficile, une vraie force de la nature, qui simplifiait tout à coup de pieds, de poings sans se casser le tromblon.

De bon cœur, il alla chercher l'un des plus grands sacs qu'il pouvait avoir dans sa réserve.

Et sans savoir si le monstre allait revenir à la vie, il jeta le sac de poubelle par-dessus bord, tout à fait à l'arrière du navire tout près du mat où flottait le drapeau tricolore, sachant qu'il allait nourrir les requins du coin, de cette belle mer Méditerranée.

Mais ce n'était que la fin d'une partie de l'épisode des lingots de N'Guyen Chang, la fin d'un tyran, comme malheureusement, il y en a plein dans le monde.

La suite, il faudra l'assurée, ça sera probablement beaucoup plus facile, mais tout peut arriver, rien n'est impossible.

Il faut bien comprendre, et admettre que nous ne sommes pas encore arrivés à Marseille, à notre destination.

Que beaucoup de choses peuvent surgir, car avec ce genre de pieuvre, ce n'est qu'un passage qui vient de se terminer.

Reste à savoir si d'ici là, il ne va pas y avoir un autre grand chef qui ne va pas sortir, de derrière les fagots.

Il va falloir rester vigilant. Et que premièrement, savoir si à bord du Jean Laborde, si rien n'a été vu ou transpiré.

Apparemment, tout cela semble s'être très bien déroulé dans le calme, et passé inaperçu. Malgré l'affaire très grave que nos deux baroudeurs Julot et Luciano ont vécue à bord.

Mais je crois que si on a bien retenu tout ce qu'il vient de se passer, s'ils n'ont pas pu l'éviter, ils l'ont un peu et même beaucoup cherché.

Et quelle décision va prendre Luciano pour la livraison des trente kilos d'Or dans la brassière que lui a remis le fameux Pierrot Russian. Il ne recevra les instructions, uniquement lorsqu'il aura ouvert l'enveloppe le jour de son arrivée à...

Marseille. Cela ressemble à une pochette-surprise mais comme tout cela se tient, les protagonistes auront vite fait de propager la nouvelle de la disparition de Chang N'Guyen.

Et même probablement, les gros soupçons qui doivent peser sur Julot et Luciano, à savoir aussi si un contrat de destruction des deux hommes n'a pas été lancé contre ces derniers.

Une fois seul dans sa cabine Luciano, décida tout de même d'anticiper pour ouvrir la lettre pour savoir les instructions de sa livraison.

Il était déjà certain après le massacre qu'il venait de faire. Qu'il ne se rendrait à aucun de ces rendez-vous imposer.

D'une part il évitait ainsi les représailles à peu près certaines.

Et en compensation, il s'octroyait trente kilos de lingots d'Or supplémentaire, ça valait bien le coup non ?

Il prit le temps de parcourir les informations complémentaires indiquées sur la lettre.

Il fallait impérativement livrer dans le quartier du panier, à la place des moulins. Et s'il n'arrivait pas à joindre Monsieur Jo Fossati à cet endroit, et aux heures strictement prévues.

Il devait renoncer, car il n'était pas certain de la liberté conditionnelle que devait obtenir Mr Jo Fossati dans l'immédiat.

Il y avait bien une solution de secours. C'était de se rendre à la rue Bossenque dans les vieux quartiers de la ville.

Mais il y avait une mise en garde très sévère contre la belle de ces lieux, la redoutable et magnifique créature Maria-Estella.

Car à coup sûr elle le roulerait dans la farine, avec ses dons de mante religieuse.

Sa commission de trois briques en Or, comme pour les précédents, messagers, ils n'en virent jamais la couleur.

La goulue des temps modernes, elle s'arrangeait toujours à sortir le grand jeu, de la veuve éplorée avec ses quatre enfants en bas âges, à nourrir.

De plus elle incitait les baux mâles à se sacrifier pour elle maritalement, le temps de leurs bouffer tout le pognon, un sacré numéro exceptionnel la belle Maria-Estella.

FIN